AF377663

Analyse de l'œuvre

Par Kelly Carrein

99 francs

de Frédéric Beigbeder

lePetitLittéraire.fr

Rendez-vous sur lepetitlitteraire.fr et découvrez :

Plus de 1200 analyses
Claires et synthétiques
Téléchargeables en 30 secondes
À imprimer chez soi

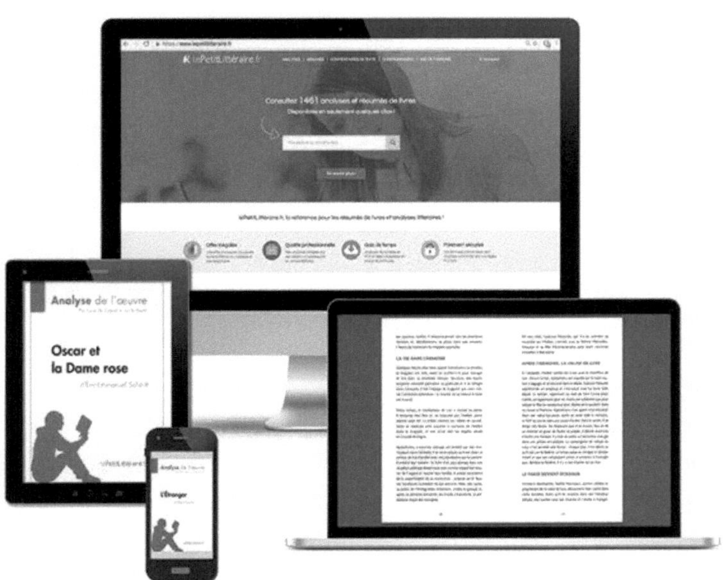

FRÉDÉRIC BEIGBEDER

ÉCRIVAIN FRANÇAIS

- **Né en 1965 à Neuilly-sur-Seine**
- **Quelques-unes de ses œuvres :**
  - *Mémoires d'un jeune homme dérangé* (1990), roman
  - *L'amour dure trois ans* (1997), roman
  - *Windows on the World* (2003), roman

C'est à l'âge de 25 ans que Frédéric Beigbeder publie son premier roman autobiographique, *Mémoires d'un jeune homme dérangé*. Romancier, il est aussi très présent dans le monde des médias : il a rédigé des critiques littéraires dans des magazines tels que *Elle* ou *Voici*, été chroniqueur dans *Le Grand Journal* de 2005 à 2007 et animateur pour *Le Cercle* de 2007 à 2015. D'août 2016 à novembre 2018, il intervient pour un billet d'humeur bimensuel sur France Inter. Il a réalisé lui-même l'adaptation cinématographique de deux de ses œuvres : *L'amour dure trois ans* (2012) et *L'idéal* (2016).

Personnalité controversée, Beigbeder est parfois la cible de critiques virulentes : on lui reproche de défendre la prostitution et de faire preuve d'antiféminisme dans son magazine, *Lui*, dont il a dirigé la publication de 2013 à 2017.

En 1990, en parallèle avec son activité littéraire, il devient concepteur-rédacteur dans une agence de publicité. Il passe ensuite cinq ans dans l'entreprise Young & Rubicam, qui le licencie pour faute grave suite à la publication de son best-seller *99 francs* en 2000.

99 FRANCS

UN PORTRAIT SATIRIQUE DE LA PUBLICITÉ

- **Genre** : roman satirique
- **Édition de référence** : *99 francs*, Paris, Le Livre de Poche, 2017, 282 p.
- **1ʳᵉ édition** : 2000
- **Thématiques** : publicité, argent, satire, société de consommation, autodestruction, autofiction

Octave Parrango est un concepteur-rédacteur de 33 ans. Son métier de publicitaire lui offre un salaire astronomique, qui l'autorise à toutes les folies. Cependant, son quotidien autodestructif fait de prostituées de luxe et de drogues dures ne le satisfait plus. Dégoûté de la société de consommation dans laquelle il évolue, il veut écrire un livre pour en dénoncer les travers avec violence. Il espère ardemment que ses confessions entraineront son licenciement, car il ne supporte plus d'évoluer dans un tel milieu.

Au fil des pages, Octave dénonce le monde de la publicité. Ironiquement, les différentes parties du roman (six parties, « Je », « Tu », « Il », « Nous », « Vous », « Ils ») sont séparées par des slogans publicitaires, reflétant l'omniprésence de la publicité dans la société française.

Ce roman relève de l'autofiction et est inspiré par les cinq années passées par Beigbeder dans la société Young & Rubicam. Depuis le passage à l'euro, il a été réédité sous les titres *14,99 €* et *5,90 €*.

RÉSUMÉ

UN NARRATEUR DÉSABUSÉ

Octave Parango est créateur-rédacteur pour une grande agence de publicité française. Son rôle est de créer des slogans et des scénarios de spots publicitaires, et d'ensuite les vendre à des entreprises. À l'âge de 33 ans, le narrateur est blasé de ce monde dans lequel il évolue, et qui lui procure cependant un train de vie plus que confortable. Adepte d'une vie dissolue, où il côtoie drogue dure et prostituées de luxe, le jeune publicitaire n'aspire plus qu'à une seule chose : être licencié. C'est ce désir inébranlable qui le pousse à écrire son livre.

Accompagné de ses collègues, il se rend au siège de Madone (allusion évidente au groupe français Danone), une grosse société agroalimentaire française spécialisée dans les produits laitiers. L'enjeu est de taille : son spot publicitaire doit convaincre Alfred Duler, le grand patron ; dans le cas contraire, son entreprise risque en effet de perdre ce client majeur. Octave présente un scénario où des gens beaux et minces ont des conversations hautement intellectuelles tout en consommant du fromage maigre, Maigrelette. Alfred détruit chacune des idées qui lui sont présentées, car il les estime trop conceptuelles. Cet incident permet à Octave de réaliser que même s'il veut être « le grain de sable dans l'engrenage » (p. 32), le monde publicitaire est un adversaire trop puissant pour lui. Sa consommation abusive de drogue le fait saigner du nez en pleine réunion, et il écrit de son sang le mot « pigs » (« cochons ») dans les toilettes de Madone.

Plus tard, son patron, Marc Marronnier, discute avec lui de l'incident. Octave lui avoue en avoir assez, mais refuse de démissionner, car il ne toucherait pas d'allocations de chômage ; de plus, il ne veut pas déclarer forfait. Il doit trouver une solution pour vendre le produit Maigrelette : inspiré par une émission de télé-réalité, il suggère d'utiliser des extraits avec les participants, accompagnés d'une musique en fond sonore, pour faire passer l'idée que la consommation de Maigrelette rend jeune et beau. Cependant, Duler rejette à nouveau cette idée, car certains participants sont noirs. Ce revers réjouit Octave, qui pense avoir trouvé l'opportunité d'être enfin renvoyé.

LE VOYAGE À MIAMI

Cependant, Marc refuse de se séparer d'Octave et le pousse à créer un spot aseptisé qui plaira au client, mais aussi au plus grand nombre d'acheteurs potentiels. Il y travaille avec son collègue Charlie, et les deux hommes trouvent une idée simple, mais efficace : une femme blanche d'apparence banale, ni trop jeune ni trop vieille, qui vanterait les mérites de Maigrelette face à la caméra, faisant passer le message que Maigrelette permet d'être mince, sauf dans sa tête. Le soir même, Octave passe la soirée avec Tamara, une call-girl d'origine maghrébine avec qui il n'entretient pas de rapports sexuels : il la paie uniquement pour partager avec elle une intimité platonique. Tout en lui posant des questions, il la filme discrètement et finit par lui proposer de tenir le rôle principal dans la publicité. La peau foncée de Tamara fait débat, mais Octave la défend, clamant que la publicité propose la plupart du temps un spectacle bien plus incongru, voire choquant, qu'une femme d'origine nord-africaine.

Dans le même temps, Octave se perd un peu plus dans une spirale autodestructive. Il perd dix-sept kilos en trois mois. Il apprend que sa fiancée, Sophie, qu'il a quittée, est enceinte de lui et il développe une véritable obsession à son encontre. Il consomme de plus en plus de drogues, au point que Marronnier décide de l'envoyer en cure de désintoxication. Il en sort à temps pour un séminaire au Sénégal, où Marc demande de nouveaux changements. Les employés rentrent en France, et Marc reste au Sénégal, où il est rejoint par Sophie, qui est devenue sa maitresse. Quelques jours avant le départ pour Miami et le tournage de la publicité pour Maigrelette, on apprend le suicide de Marc, qui s'est laissé couler dans la mer sénégalaise.

L'expédition à Miami se passe dans la dépravation la plus totale, et les publicitaires sont entourés – comme en France – de prostituées et de drogues dures. Jean-François, un autre collègue, profite de la mort de Marc pour récupérer le poste de directeur de la branche européenne. Charlie et Octave sont tous les deux promus au poste de Marc, et deviennent codirecteurs de création, avec un salaire de 30 000 € par mois.

Le spot publicitaire est tourné avec Tamara, mais les producteurs demandent à ce que sa peau soit éclaircie lors du montage. Octave propose un scénario de publicité semi-pornographique, qui est également tourné. Baignant dans le luxe américain, Octave, Tamara et Charlie se plaignent du fait que les actionnaires des fonds de pension américains possèdent des entreprises européennes, qui licencient des milliers d'employés. Ils décident de se venger en rendant visite à une vieille dame riche. L'agression verbale tourne en agression physique et l'Américaine succombe à ses blessures. Les Français fuient, se croyant à l'abri de toute poursuite.

RETOUR TRIOMPHAL... ET FATAL

De retour en France, la première version de la publicité pour Maigrelette ne plait pas au public test, qui l'accable de critiques. Octave et Tamara couchent finalement ensemble, et Octave lui confesse son amour : Tamara refuse ses avances, car elle a accepté la proposition de mariage d'Alfred Duler. Attristé, Octave apprend que Sophie – l'autre objet de ses obsessions – était la maitresse de Marc et s'est également suicidée au Sénégal.

Le spot publicitaire semi-pornographique participe alors au festival du film publicitaire de

Cannes. Il remporte la récompense haut la main, face à une centaine de rivaux. Alors qu'Octave se rend sur la scène pour récupérer le trophée, il est arrêté par la police pour le meurtre de la vieille Américaine : la caméra de l'interphone de la villa les avait filmés, lui et Charlie, permettant ainsi de retrouver leur trace et de les arrêter.

Octave est condamné à dix ans de prison. De sa cellule, il rêve de rejoindre Marc et Sophie. Les dernières pages révèlent au lecteur que le couple ne s'est pas suicidé : il souhaitait simplement disparaitre et a refait sa vie sur une île. Cependant, cette vie les ennuie terriblement. Loin du monde de la publicité, Marc finit par mourir pour de bon par noyade.

ÉTUDE DES PERSONNAGES

OCTAVE PARANGO

Publicitaire de 33 ans, Octave reçoit un salaire mensuel mirobolant pour vendre des slogans ou des spots publicitaires. Ceux-ci, créés pour plaire à l'annonceur et au public, sont très éloignés des préoccupations intellectuelles du jeune homme. Le monde dans lequel il baigne le rend de plus en plus dépressif : bercé par la musique de chanteurs suicidés, il consomme de la cocaïne pour oublier l'univers de la publicité qui le dégoûte et couche avec des prostituées pour fuir tout engagement amoureux.

Obligé de mettre ses valeurs de côté pour signer de juteux contrats, Octave rêve de détruire sa carrière et d'être renvoyé. Cependant, sa nature de publicitaire le rattrape : il refuse la démission, et accepte de se plier aux exigences de l'annonceur Madone pour que son agence le conserve comme client. Tout au long du roman, le caractère autodestructif d'Octave ne fait que croitre, culminant dans sa participation au meurtre d'une riche Américaine. D'un caractère puéril, Octave se vautre dans la vulgarité, que ce soit par ses actions ou par ses mots. Aucun aspect de sa descente aux enfers n'est édulcoré, montrant de façon crue comment le monde de la publicité peut détruire un homme.

MARC MARRONNIER

Directeur créateur de l'agence publicitaire pari-sienne, Marc Marronnier demeure un personnage mystérieux tout au long du roman ; jusqu'à son (supposé) suicide, peu d'informations filtrent à son sujet : il a évidemment à cœur le succès de son entreprise et pousse ses employés à pro-duire des slogans ou des spots qui plairont aux clients. Cependant, à l'instar d'Octave, sa vie ne le satisfait pas et son quotidien est entravé par une morosité permanente. Sophie, sa maitresse, semble être le seul élément positif de son exis-tence, ce qui le pousse à simuler sa mort pour rester auprès d'elle. Mais la vie sur l'île l'ennuie rapidement, et il meurt également malheureux.

TAMARA

Rêvant d'être actrice, Tamara est une jeune femme d'origine nord-africaine qui n'a pas encore connu le succès. Afin de subvenir aux besoins de sa fille, restée au pays, elle se prostitue. Elle développe une relation platonique avec Octave, d'abord surprise d'être engagée par lui pour simplement s'allonger à ses côtés et l'embrasser occasionnellement. Elle révèle cependant un caractère arriviste : suite à sa rencontre avec Alfred Duler, elle accepte sa proposition de mariage, car il promet de l'entretenir et de faire revenir sa fille en France.

CHARLIE

Collègue d'Octave, Charlie semble immunisé au travers du monde de la publicité. Ambitieux, il est prêt à fournir le travail nécessaire pour signer de juteux contrats, et pousse Octave à le suivre. Le poste de directeur créateur est pour lui une aubaine, car il lui permet d'obtenir un salaire plus élevé, qu'il juge mérité. Ses plans seront cependant entravés après l'agression de la femme américaine, pour laquelle il est condamné.

JEAN-FRANÇOIS

Personnage secondaire, Jean-François sert surtout à incarner l'arrivisme, en opposition nette avec Octave et son désir d'être renvoyé. Il n'hésite pas à se rendre à New York auprès des patrons de l'entreprise afin d'obtenir les rênes de la branche européenne, ce qui permet à Charlie et Octave d'être promus également. Ses manigances seraient parvenues jusqu'aux oreilles de Marc, l'entrainant dans la mélancolie qui l'a poussé à simuler son suicide.

SOPHIE

Fiancée à Octave et enceinte de lui, son cœur est brisé lorsqu'il décide de la quitter pour la simple raison qu'elle entrave ses envies de liberté et de prostituée. Vengeresse, elle lui envoie une échographie de sa fille pour lui signifier qu'il ne la verra jamais. Tombée amoureuse de Marc, elle le rejoint au Sénégal et simule sa mort, envoyant même un e-mail de suicide à ses propres parents.

ALFRED DULER

Président de la société agroalimentaire Madone, le riche homme joue un rôle très secondaire.

Au début du roman, il déclenche une crise de la part d'Octave lorsqu'il refuse ses idées intellectuelles pour le plaisir apparent de le contredire. Personnage antagoniste d'Octave, il incarne le rôle de l'annonceur assujetti aux désirs du consommateur tels qu'il les imagine. À la fin du roman, il porte le coup de grâce au jeune homme en le privant de Tamara, la femme dont il est tombé amoureux.

CLÉS DE LECTURE

LE CARACTÈRE AUTOFICTIONNEL

L'autofiction est un genre littéraire théorisé en 1977 par le critique et romancier français Serge Doubrovsky (1928-2017). Le préfixe « auto » (du grec « soi-même ») est attaché, de façon presque contradictoire, au terme « fiction » pour désigner un récit fondé (à l'instar de l'autobiographie) sur une base réelle qui est la vie de l'auteur, mais dont les évènements présentent un caractère fictionnel. L'autofiction a donc une base bel et bien autobiographique, mais se réclame du genre romanesque de par ses entorses à la réalité.

Là où l'autobiographie est purement linéaire et fidèle, l'autofiction peut s'autoriser de nombreuses fantaisies : l'emploi d'une narration à la troisième personne du singulier, des évènements imaginés suite à des faits réels, des péripéties entièrement fictionnelles, etc. *99 francs* est loin d'être le seul roman autofictionnel de Frédéric Beigbeder : *Mémoires d'un jeune homme dérangé* (1990), *L'amour dure trois ans* (1997), *L'égoïste romantique* (2005), *Un roman français* (2009) et *Une vie sans fin* (2018) peuvent également être rattachés à ce genre.

Dans *99 francs*, Octave rédige sa diatribe contre le monde de la publicité avec la volonté assumée d'être renvoyé pour ses critiques (« J'écris ce livre pour me faire virer », p. 15). Hasard ou préméditation ? Frédéric Beigbeder est renvoyé pour faute grave à la publication de *99 francs*. Tout comme Octave, il avait le désir de raconter les rouages de la machine publicitaire dans le but de les dénoncer :

> « Tout écrivain est un cafteur. Toute littérature est délation. Je ne vois pas l'intérêt d'écrire des livres si ce n'est pas pour cracher dans la soupe [...] J'ai été le témoin d'un certain nombre d'évènements [...] au sein d'une machinerie qui broyait tout sur son passage [...] Je cherchais partout à savoir qui avait le pouvoir de changer le monde, jusqu'au jour où je me suis aperçu que c'était peut-être moi » (pp. 29-30).

Plusieurs passages du roman sortent de la narration romanesque et fictionnelle et renvoient directement Octave à sa position d'auteur. Il peut s'agir de commentaires narratifs (« J'ai fini mon livre qui coûte 14,99 € », p. 271 ; « Mon livre vengera toutes les idées assassinées », p. 58), d'interpellations directes au lecteur (« Vous-même, qui lisez ce livre », p. 21 ; « Si vous lisez ce livre depuis une heure », p. 86), ou encore de dialogue direct (« Octavio, à force de prendre des notes pour ton bouquin, tu as oublié de regarder ce qui se passait autour de toi », p. 179).

Le choix de l'autofiction place donc le lecteur dans une position intermédiaire : il est à la fois plongé dans la réalité et la fiction, où la frontière est brouillée. Il lui appartient de naviguer ces deux pôles, sans pouvoir véritablement tirer le vrai du faux.

UNE NARRATION ORIGINALE

Six pans narratifs

L'une des originalités les plus flagrantes du roman est sa division en six parties narratives, de longueur plus ou moins équivalente. Chacune des parties est narrée selon le prisme d'un pronom personnel différent, dans leur ordre traditionnel : « Je » (pp. 15-62), « Tu » (pp. 67-113), « Il » (pp. 119-162), « Nous » (pp. 167-206),

« Vous » (pp. 213-249) et « Ils » (pp. 257-282). La dernière partie, volontairement plus courte, joue le rôle d'épilogue, révélant le triste sort d'Octave ainsi que celui de Marc et Sophie.

Les différentes parties sont séparées par des encarts publicitaires, marquant une pause nette dans la narration. Elles ne sont pas sans rappeler les annonces qui interrompent si souvent les programmes télévisés. Par ce biais, Beigbeder transpose la publicité dans l'œuvre littéraire, un monde qui lui avait auparavant échappé. À l'instar des publicités télévisuelles, ces coupures n'apportent rien à la trame narrative, se contentant de hacher l'histoire pour présenter des éléments qui n'ont apparemment aucun intérêt pour le lecteur. Ce processus narratif permet à l'auteur de rappeler, par des exemples concrets, l'omniprésence étouffante de la publicité dans le monde contemporain.

L'emploi des six différents pronoms personnels n'est pas anodin, puisque la plupart des romans se limitent à un point de vue fixe, le plus souvent celui du « je » intime ou du « il(s) » plus distant. Ici, six positions narratives sont prises successivement :

- Le « je », à l'entame du roman, permet au lecteur de découvrir Octave de façon intime. Dès les premières pages, sa haine pour le monde publicitaire est mise en exergue (« Je suis le type qui vous vend de la merde », p. 17). De cette position narrative, le narrateur apostrophe directement le lecteur, tantôt en se distançant de lui (« Vous croyez que vous avez votre libre arbitre, mais un jour ou l'autre, vous allez reconnaître mon produit [...] et vous l'achèterez », p. 19), tantôt en s'en rapprochant (« Nous vivons dans le premier système de domination de l'homme par l'homme contre lequel même la liberté est impuissante », p. 21) ;
- Le « tu », ensuite, change la dynamique narrative. L'utilisation romanesque de ce pronom personnel reste rare en littérature et exacerbe un sentiment de proximité dans le chef du lecteur ;
- Le « il », à l'inverse, introduit une forme de distanciation. Cette partie correspond à la période du roman où Octave et ses collègues participent à un séminaire professionnel au Sénégal. La prise de distance par rapport au personnage d'Octave permet au lecteur, pour

la première fois du roman, de l'observer à l'aide d'un regard objectif et de constater l'étendue de son autodestruction ;

- Le « nous » témoigne d'un rapprochement entre Octave et les personnages de Charlie et Tamara. Pour la première fois, le héros est envisagé comme faisant partie d'un groupe, et non plus dans son individualité. Cette partie illustre le meurtre de la vieille Américaine, commis par les trois protagonistes, ainsi que la promotion conjointe d'Octave et de Charlie au poste de directeur créateur ;

- Le « vous » s'inscrit dans la continuité du « nous », soulignant à nouveau le tandem formé par Octave et Charlie : c'est ensemble qu'ils reviennent à Paris et reprennent les rênes de l'agence, terrorisant leurs employés qui étaient jadis leurs supérieurs ; c'est également ensemble qu'ils se rendent à Cannes et remportent l'ultime récompense pour le spot publicitaire semi-pornographique avec Tamara. Cependant, le dernier chapitre introduit une coupure, et joue sur la polysémie du « vous » pluriel et du « vous » de politesse : c'est bel et bien seul qu'Octave se retrouve en prison, pour faire face à son crime ;

- Le « ils », enfin, introduit l'épilogue en reprenant ses distances avec les protagonistes : il permet d'évoquer l'exil de Marc et Sophie, ramené au rang d'anecdote, avec un certain détachement, ainsi que la sentence d'Octave.

Le style de l'écriture comme outil de dénonciation

Bien que différentes dans leur procédé narratif, les six parties du roman partagent le même style d'écriture : très familier, voire parfois vulgaire. Par ce biais, Beigbeder utilise les rouages de la publicité pour pouvoir la dénoncer. Ainsi, il se permet plusieurs écarts stylistiques qu'on retrouve rarement dans les romans traditionnels :

- **L'interpellation au lecteur**. Dès les premières pages, Octave attire le lecteur dans sa réflexion à l'aide de multiples interpellations en « vous », lui faisant prendre part à sa diatribe. Le lecteur est présenté en victime du monde de la publicité (« Votre souffrance dope le commerce », p. 17 ; « Vos destins brisés sont joliment mis en page », p. 21) et invité à absorber les propos du narrateur pour s'en rendre compte.

- **Le vocabulaire familier**. Dans une volonté de choquer, le roman regorge de propos vulgaires, spécialement dans la première partie en « je » où ils sont directement adressés au lecteur (« Mmm, c'est si bon de pénétrer votre cerveau. Je jouis dans votre hémisphère droit », p. 19) et d'insultes « « Toi ma grosse merde, tu as gagné ta place dans mon livre », p. 29). Ces propos sont alternés avec des réflexions plus intellectualisées d'Octave sur sa situation (« Je ne suis pas en train de faire mon autocritique, ni une psychanalyse publique. J'écris la confession d'un enfant du millénaire », p. 31).

- **L'omniprésence de la sexualité**. Les rencontres d'Octave avec des prostituées de luxe, les déviances sexuelles lors des voyages au Sénégal et à Miami ainsi que le tournage du spot semi-pornographique de Tamara : ces multiples scènes sexuelles sont évoquées crûment et sans le moindre tabou (« Et puis elle y a pris goût, aux dents qui mordillent la bouche, à la pointe nerveuse de salive parfumée de vodka, et maintenant c'est elle qui enfonce sa langue dans ta bouche douce, et la pelle devient profonde, pénétration buccale où ta langue devient bite, lèche ses joues, son cou, ses yeux, saveur, gémissement, souffle, désir titillé », p. 96). Elles sont ainsi normalisées, tout comme l'est la sexualité dans l'univers de la publicité.

Ces originalités sont en vérité des méthodes empruntées directement à la publicité : il n'est pas rare que le spot publicitaire interpelle directement le spectateur d'un « vous » assertif ; de même, si la vulgarité n'est pas monnaie courante dans le vocabulaire publicitaire, la sexualité est omniprésente, car elle permet d'attirer l'attention de l'acheteur potentiel et, souvent, de le pousser à consommer. Par l'utilisation satirique des rouages publicitaires dans son écriture, Beigbeder cherche à en dénoncer le ridicule et les travers.

LA CRITIQUE DE LA SOCIÉTÉ DE CONSOMMATION

Tout au long du roman, de multiples aspects de la publicité sont dénoncés. À travers la voix d'Octave, Beigbeder exprime son propre dégoût d'un monde qu'il connait bien :

- **La critique du racisme**. Afin de plaire au plus grand nombre d'acheteurs potentiels, les acteurs de spots publicitaires doivent correspondre à plusieurs critères préétablis, parmi lesquels la couleur de peau. Ainsi, Alfred Duler, richissime client, refuse de voir apparaitre de jeunes noirs dans sa publicité. Pareillement, même si Tamara, d'origine arabe, obtient le rôle pour le spot de Maigrelette, sa peau devra être éclaircie par ordinateur pour ne pas choquer le public cible ;

- **La critique du capitalisme**. Dès les premières pages du roman, Octave ne cache pas son salaire mirobolant : « Je passe ma vie à vous mentir et on me récompense grassement. Je gagne 13 000 euros […] Je vous manipule et on me file la nouvelle Mercedes […] J'interromps vos films à la télé pour imposer mes logos et on me paye des vacances à Saint Barth » (p. 18). Cet argent alimente tous ses excès, car il finance principalement ses prostituées de luxe (pour se protéger d'une vraie relation qui pourrait le blesser émotionnellement) et ses drogues (pour oublier que le monde dans lequel il évolue le dégoûte de plus en plus). De surcroît, le but avoué de la publicité est de vendre : ainsi, Octave évoque des produits révolutionnaires, comme des collants qui ne filent pas, dont le brevet a été racheté et détruit (p. 77), car le but ultime reste la consommation à outrance ; or, ces produits inusables contrecarrent l'objectif publicitaire ;

- **La critique de l'hypocrisie**. L'épisode où Octave se rend chez Madone pour proposer à Alfred Duler ses idées publicitaires est représentatif de l'hypocrisie publicitaire. L'argent prime et poussé par son supérieur hiérarchique, Octave doit compromettre ses idées intellectuelles pour proposer une idée qui plaise au client, afin de conserver son apport financier. L'inspiration et la créativité du publicitaire n'ont aucune véritable influence face au diktat de l'argent. De même, l'idée de dialogues intellectuels dans ses spots publicitaires fait un flop auprès de Duler, car il est convaincu que le public n'y répondra pas favorablement, car il ne s'y retrouvera pas.

- **La critique de la futilité**. Selon Octave, « le terrorisme de la nouveauté me sert à vendre du vide » (p. 19). La publicité est présentée comme inutile, ayant pour simple but de pousser à la consommation de produits ou services non nécessaires. Cette affirmation transparait également à travers les encarts publicitaires entre les parties, où des produits sont « vendus » au lecteur pour le simple plaisir d'interrompre sa lecture.

PISTES DE RÉFLEXION

QUELQUES QUESTIONS POUR APPROFONDIR SA RÉFLEXION...

- Pensez-vous que l'utilisation d'un langage familier, voire vulgaire, sert le propos du roman ? Pour quelle(s) raison(s) ?
- Octave est présenté sous son plus mauvais jour. Cependant, certains passages sont destinés à inspirer la sympathie au lecteur : lesquels ?
- Les « interruptions » publicitaires entre les différentes parties narratives vous ont-elles irrité(e) au même titre que les publicités à la télévision ? Pourquoi ?
- Les parties en « tu » et en « vous » vous ont-elles permis de vous sentir plus proche d'Octave, par opposition aux parties en « il(s) », qui offrent une plus grande distance ? Justifiez votre réponse.
- Les diatribes d'Octave contre la publicité vous ont-elles poussé(e) à regarder la publicité contemporaine d'un autre œil ? Pourquoi ?
- Comprenez-vous le licenciement de Frédéric

Beigbeder suite à la publication de cet ouvrage ? Pourquoi ?

- Comme évoqué dans le roman, Marc et Sophie portent les prénoms d'un célèbre couple de sitcom. À votre avis, quelle est la raison de ce choix ?
- La lecture de ce roman vous a-t-elle donné envie de lire *Au secours pardon* (2007), la suite de *99 francs* ? Pourquoi ?

Votre avis nous intéresse !
Laissez un commentaire sur le site de votre
librairie en ligne
et partagez vos coups de cœur sur les réseaux
sociaux !

POUR ALLER PLUS LOIN

ÉDITION DE RÉFÉRENCE

- BEIGBEDER F., *99 francs*, Paris, Le Livre de Poche, 2017, 281 p.

ÉTUDES DE RÉFÉRENCE

- www.autofiction.org, consulté le 13 octobre 2018.
- www.beigbeder.net, consulté le 13 octobre 2018.

ADAPTATIONS

- *99 francs*, pièce de théâtre, mise en scène par Stéphane Aucante (2002).
- *99 francs*, film, réalisé par Jan Kounen avec Jean Dujardin (2007).

SUR LEPETITLITTÉRAIRE.FR

- Fiche de lecture sur *L'amour dure trois ans* de Frédéric Beigbeder.
- Fiche de lecture sur *Un roman français* de Frédéric Beigbeder.

Retrouvez notre offre complète sur lePetitLittéraire.fr

- des fiches de lectures
- des commentaires littéraires
- des questionnaires de lecture
- des résumés

ANOUILH
- Antigone

AUSTEN
- Orgueil et Préjugés

BALZAC
- Eugénie Grandet
- Le Père Goriot
- Illusions perdues

BARJAVEL
- La Nuit des temps

BEAUMARCHAIS
- Le Mariage de Figaro

BECKETT
- En attendant Godot

BRETON
- Nadja

CAMUS
- La Peste
- Les Justes
- L'Étranger

CARRÈRE
- Limonov

CÉLINE
- Voyage au bout de la nuit

CERVANTÈS
- Don Quichotte de la Manche

CHATEAUBRIAND
- Mémoires d'outre-tombe

CHODERLOS DE LACLOS
- Les Liaisons dangereuses

CHRÉTIEN DE TROYES
- Yvain ou le Chevalier au lion

CHRISTIE
- Dix Petits Nègres

CLAUDEL
- La Petite Fille de Monsieur Linh
- Le Rapport de Brodeck

COELHO
- L'Alchimiste

CONAN DOYLE
- Le Chien des Baskerville

DAI SIJIE
- Balzac et la Petite Tailleuse chinoise

DE GAULLE
- Mémoires de guerre III. Le Salut. 1944-1946

DE VIGAN
- No et moi

DICKER
- La Vérité sur l'affaire Harry Quebert

DIDEROT
- Supplément au Voyage de Bougainville

MALRAUX
- La Condition
  humaine

MARIVAUX
- La Double
  Inconstance
- Le Jeu de l'amour
  et du hasard

MARTINEZ
- Du domaine
  des murmures

MAUPASSANT
- Boule de suif
- Le Horla
- Une vie

MAURIAC
- Le Nœud
  de vipères

MAURIAC
- Le Sagouin

MÉRIMÉE
- Tamango
- Colomba

MERLE
- La mort est
  mon métier

MOLIÈRE
- Le Misanthrope
- L'Avare
- Le Bourgeois
  gentilhomme

MONTAIGNE
- Essais

MORPURGO
- Le Roi Arthur

MUSSET
- Lorenzaccio

MUSSO
- Que serais-je
  sans toi ?

NOTHOMB
- Stupeur et
  Tremblements

ORWELL
- La Ferme
  des animaux
- 1984

PAGNOL
- La Gloire de
  mon père

PANCOL
- Les Yeux jaunes
  des crocodiles

PASCAL
- Pensées

PENNAC
- Au bonheur
  des ogres

POE
- La Chute de la
  maison Usher

PROUST
- Du côté de
  chez Swann

QUENEAU
- Zazie dans
  le métro

QUIGNARD
- Tous les matins
  du monde

RABELAIS
- Gargantua

RACINE
- Andromaque
- Britannicus
- Phèdre

ROUSSEAU
- Confessions

ROSTAND
- Cyrano de
  Bergerac

ROWLING
- Harry Potter à
  l'école des sor-
  ciers

SAINT-EXUPÉRY
- Le Petit Prince
- Vol de nuit

SARTRE
- Huis clos
- La Nausée
- Les Mouches

SCHLINK
- Le Liseur

Analyse de l'œuvre
Germinal
Analyse de l'œuvre
L'Étranger
Analyse de l'œuvre
Le Père Goriot
de Balzac
Analyse de l'œuvre
Candide ou l'Optimisme
Analyse de l'œuvre
Oscar et la Dame rose

ISBN version numérique : 9782808014809
ISBN version papier : 9782808014816
Dépôt légal : D/2018/12603/500

Conception numérique : Primento,
le partenaire numérique des éditeurs.

Ce titre a été réalisé avec le soutien de la Fédération Wallonie-Bruxelles, Service général des Lettres et du Livre.